7
文姫の诗
摄像
王中伟 靳楠

文姬

湘西人。
哲学出身，自由诗人，
非自由影视工作者。

一个怀抱幸运数的女孩

一

这是一个相信幸运的女孩，所以在幸运的梦中搭建梦境。然而，她同时又是一个谜，并在不断拆着谜底深处的谜底。在那里，她所遇到的一直是一个数字——『七』。因此，她用『七』营造一座属于自己的，并向所有人敞开的城。她通过诗歌成为这座城的主人，等待着同样寻找谜底的人们，从远方源源不断走来……

正如人们所熟知，世界上许多国家把『七』作为幸运数，它是人们对于内心世界的某种期盼与对于神秘的美好向往，所以它能给人们带来心灵的宁静。古埃及人认为，『七』是『三』与『四』相加，『三』代表灵性，『四』代表物质，两者的结合意味着灵性对于真相及未知的不断探索。所以，金字塔以四方形为基座，象征四大元素，锥形尖顶，使任何一个面都有三个边，象征着任何一个方位中灵性的三种形式。因此，『七』也蕴含着过程与成长，这个数是宇宙潜藏周期的原则和依据。

二

文姬喜欢『七』，并把这个数字作为自己处女作的书名。她把我们所熟悉的『七夕』拆开写，并固执地向往着『我想象中的情人是七的倍数』。她还在诗中如是说，『你驮着花/我看着土地/我们成为／人间的花园』（《七夕·七》）。显然，她相信这个数字将会带给她梦寐中的『人间的花园』。

就是这样，文姬怀抱着『七』的命运预感，走在一个未知的世界中，发现了那是一座神秘的城堡。因此她告诉我们『她开始想象，把她的整座城献出来』，这样就可以让读者到达她，她的成长的、现实的、心灵的谜底。可是，这个谜底，她不会揭示也无法揭示，因为她自己正在与未知的谜底进行着抵达不了共识的游戏，在十四岁、十八岁、二十岁的人生不同节点上……这将是旷日持久的成长过程，她的『七』始终在前方，在悠悠的岁月中。所以她选择诗歌，选择文字的芒杖，无论前行的路上，生活与现实如何凌乱，文字作为个体的存在，都是自足而自立的，其自身自成意义。

当然，文字还有其他的表现功能，可她却对诗歌情有独钟，虽然她也认识到，在文学的大花园里，『独独诗歌单薄』，这里所谓的『单薄』，指的是在世俗的、回报的世界里诗歌的某种境遇，但她认同了诗歌的这种境遇，『好在它不求留下，求送走』。这些自觉，也许可以佐证，她的写作的非功利性。诗歌只是她迎接不断到来的、关于『七』的谜底所呈现的万花筒般的世界，一道七彩的霓虹。

三

说到文姬的诗歌，典型的90前后孩子们观察世界的视角：多元、跳跃，有时轻描淡写，然而却无比奇谲，从小细节叙事，拒绝宏大与高蹈，却也能包含大思考。一些场景的跳跃、联想，往往不在意料之中，却在情理之域。每每阅读，都会让人获得惊奇、意外，有沿途拾珠的各种会心的认同与收获。

比如，她对于人的出生的情景白描奇谲而贴切：『敲一下，母亲的肚子／想出来透透气／世界竟然疼了』（《器官》）。又如，在小细节叙事中的大思考：『我想说的废话／是意外咽下的口香糖／爬过湿漉漉的食道／便被胃滞留／到达不了喘气／和考验』（《吞咽》）。这里是一个很小的事实场景、细节，『意外咽下的口香糖』，成了她要说的一连串『废话』的内容。但是，这个『废话』如此意外，却在情理之中。生活就是由这些意外的细节构成，才让日常变得具有丰富性，然而，这些丰富性，却都是生命中的随风飘散的一声声『废话』一般。而这『废话』，却在人们的日常中，是人们『试图吞咽的一切』。它一方面被生活『淘汰』，另一方面却又如麝香猫排泄的咖啡豆，是被人们『争着／吞咽』着的一切。能够这样地悖论性揭示人的生存，从日常到哲思的升华，也许与她哲学专业的出身有一些关系。再如，她写『理想』，不是写自己一种高远或者宏愿般的梦，或者具体的某种生活或生命的向往，却写『你』跟我谈『理想』时，『我看到你的孤独／像一把锁启动了，我的／它们滔滔不绝／像自言自语／一样』，而你的这种孤独，博物馆陈列室的展品一般，正是我喜欢的样子。然而，我的喜欢，也只是想『顺便调戏／你一动不动／听到看到想到，无人知晓／一本正经的理想』（《理想》）。当然，我也知道『大多数普通人／讨厌被理想调戏／除非是／理想／又漂亮的女人』。在这首作品中，谈理想者的严肃性与调侃理想者的玩世不恭性，都由于『理想又漂亮的女人』的出场得到和解，全诗情节的戏剧性和场景的意外性，都让人处处感到跳跃、突兀，然而，一日读完，静静回味，却能莞尔一笑。

四

然而，这个看似吹着泡泡糖，戴着歪脖子鸭舌帽，也许偶尔还会吐着烟圈的小女孩，并不拒绝与这个世界认真对话的态度，她同样跳动着渴望被爱、感受疼痛的一颗敏感的少女之心。比如『藤蔓爬满了我的脸／世界在我一尺之外／风只与叶亲昵／于我／爱答不理／没有你／何言疼痛』（《我和世界》）。『他希望和我开战／然后荣耀地死在我手里／可是／我只是一个玻璃心的小女孩／我一愤怒／心就碎了』（《玻璃心》）。

作为人，这种情愫是一种自然生态，一个人成长过程中必然要穿过的路径。但是，需要注意的是，她的这颗心，不是传统的那种『山无陵·夏雨雪』般的超越理智的痴狂，这一代人更加坚守属于自己切身的存在价值。因此，她可以毫不掩饰地宣称自己『我对于器官的重视远胜于政治』（《器官》）。她不愿相信或者携带承诺，她说：『我不太需要它在我耳边／喊一些流行的／口号』（《承诺》）。这是因为，她知道情感即使像『好端端的水果／一道小口／就泪流满面』，那只是『像／知名的／水货』（《一颗坏掉的牛油果》）。所以，宁可爱情是『一颗坏掉的牛油果』，即使『突然柔软／还得用锋利的刀／才可以卸下／防御过当的盔甲』；即使这颗坏掉的牛油果，『尝了一口／依旧没有味道的蜜意』（同前）。所以，她拒绝作为『女人滔滔不绝／手舞足蹈／无意外，过去的每一段恋情都／跨栏而来／翻山越岭而来／终抵不过钻石、自恋、残存的希腊毒酒／痛哭／如窥见了自己将死的预兆／落个身无分文的下场／和蓬头垢面的／善良』（《假装是一个女人的男闺密》）。这就是她的态度。

五

一个怀揣幸运数梦想的女孩，其自励自足自立的主体性审美、鲜明的自我存在意识，仅就上述的片言只语的引用足以窥视一斑。关于文姬的这本小诗集，相信读者们可以读出更多的，属于这一代年轻人的价值取向、审美个性与心灵轨迹。当然，她的关于『七』的幸运性信仰，对于我们来说仍然是一个谜，对于她同样也是一个谜。但是，这也无妨，对于她来说，她的幸运数信仰始终是积极的，明朗的，充满了对于这个世界的好奇和信心。在这个小集子中，我们没有遇到泪水和叹息，只看到一个女孩坐在城市的某个咖啡厅，或者行色匆匆出现在某机场的航站楼，准备出发或者飒爽归来，即使疲惫仍然长发飘扬。我们相信，只要她总有幸运的信仰伴随着，她就会不断揭开生命的谜底，不断与自己的梦相遇。我们，应该如此期待这一代的孩子。

是为序。

灵焚

2015 年冬日的午后

关于『7』

很多人问我为什么要把书名定为『7』。是的，你们想到的通通都是对的，因为7是一位数中唯一的质数，一个星期有7天，因为骰子相对两面的点数之和为7，还有伏地魔的魂器也有7个……

除此之外，我也没有更好的答案。就像无数星星的光线还在赶来地球的旅途中，我的天空仍然黑暗一样，我仅能做的是标出自己的坐标，等待你们来找我。

我相信，这个坐标是7。

7是一座城。

城里每个人颈椎的椎骨都有7块，他们记得住每一个朋友的生日，会蹲下来唱生日歌，单身生活的时候会养很多植物，鸢尾、萱草还有蕨类。恋爱的时候整天恋爱，工作的时候整天工作。聊天的时候可以围着城市走好几圈，丝毫不倦。他们的日历不用天天撕下，他们的日历记下了所有的礼物。他们的每句话都是诗，每个朋友都是诗人。

他们是进化最佳的哺乳动物，他们是不爱说话但极致优雅的长颈鹿。

7是7条闪电。

14岁的时候，认领一条，于遥不可及的距离，数落遥不可及的崇拜，献给那只会唱歌的雄鹰。写下许多诗，贴上一颗少女心。

18岁的时候，认领一条，送给各奔东西的小人儿。那时文学社很多人发表小说、散文，稿费论字算，而独独诗歌单薄，好在它不求留下，求送走。

20岁的时候，又来了。这次烤焦的身体有人称赞，送出的感情得到了一条柔软的毛巾。

那就整夜整夜地睡啊，抱着他的毛巾，口水湿了一遍又一遍。那时的诗歌变了颜色。

好在这条闪电留下了一些传统，索性，年轻的少女给自己造了一个乐园。每次欢乐，从乐园里摘下一朵雏菊，送给他、他、他。

幸运的是，后来，一些模样不错的人来敲她的门，她也领一些人回来。他们假装是19世纪的园丁，把种出的最傲娇的花别在衣襟上。围观的众人，被他们的雨淋湿，被他们的闪电击中。欢乐的日子，吐槽都可以成为一首诗。

直到最后，迟到的成年礼如黑幕降落。他们失去言语，大学毕业，放下天空、花朵和刺，去更大的天地冲浪。也写，写流浪，写针尖和麦芒，或是看到喜欢的未谋面的诗人，致敬。留下羞涩的不敢启齿的痕迹。

如今，最后一道闪电降临，属她名分。她开始想象，把她的整座城献出来。也许，夜晚的天空会成为一片火海。

我相信，这个坐标是7。希望所有的星星读完这7道闪电，能到达我，和我的城。

文姬

2015年12月18日于北京

目录

001 一颗坏掉的牛油果
002 你的承诺
004 多了一个闹钟
005 吃火
006 只有颜色没有情色的爱情
008 我和世界
009 玻璃心
010 随时候命的导航
012 诗人哪儿去了
015 与咖啡密谈
016 名为孤独的货币
018 向北的天空
020 女王
022 假装是一个女人的男闺密
023 迟早会被当成僵尸清理出去

024 欢庆一场葬礼
025 肯定或否定
026 致一株萎缩的穿心莲
028 喜欢跳舞的顽皮的鬼
032 我一生中最后的经验
034 招人厌恶的女孩
035 不要弄乱了玫瑰花
036 一个失算了日子的女人
038 白色之夜
039 发烧
040 去流浪
041 我好像感冒了
042 雨夜
043 无题

044 在意义丛林旅行的向导
045 前世
046 我不会让你失望
047 故乡
048 炉火
050 最遥远的距离
051 诱人的黎明
052 等
053 沼泽
054 总有一天，我会带你远走高飞
056 左手向右
057 沉默的脾气
058 漫长的路上
059 不妄
060 冬至

062 我不想成为孤独的国王
063 忘了
064 位置
065 乌云，即将临盆
066 买岛的人
068 一个醉酒的卫兵
069 罂粟之恋
070 温柔的夜
072 少女们
073 两片唇
074 雨
076 神话
078 想，一想到
079 眼睛的故事

080 乌青
082 理想
084 红色、绿色、黑色
086 买卖
087 酒色
088 1.5m/s
089 一颗子弹的下午茶
090 无名指刻花
091 夏的容颜
092 多少指纹睡过
093 法语女孩
094 南京
095 在禄口，机场
096 躺在海面上的少女
097 墓志铭

098 蓝色向日葵
100 蓝房子
101 比话语更伟大的理想
103 月光记
104 我失去了热烈
105 吞咽
106 这个秋天属于金色的棉花糖
108 焦虑的黄金年代
109 器官
110 七
111 夕
112 我想象中的情人是七的倍数
113 彩虹台风
115 漫游
116 三百一十二个冬枣
117 一个女孩的意愿

一颗坏掉的牛油果

看过牛油果坏掉的样子吧
突然柔软
还得用锋利的刃
才可以卸下
防御过当的盔甲
之后滑落玉肌
像
一件不合身的胸衣
好在
丰腴的肉体
开始袒露不见天日的浓情
和
尝了一口
依旧没有味道的蜜意

不像其他好端端的水果
一道口子
就泪流满面
像
知名的
水货

你的承诺

你的承诺穿透我
像一只
耳环
是
身体的一部分
圣诞礼物
装点圣诞树一样欢乐
晚安之前
摘下
妥善安放
明天欢庆游行的队伍会
看上它吧？
我不太需要它在我耳边
喊一些流行的
口号

2015 年　临行杭州失眠的夜

物又一次出现在草坪上；但这一次它并没有

着。现在它站了起来，轻快地大踏步[illegible]画

黑色的外套裹住面部，垂荡下来，因此其

惨白的、如穹顶般的额头，以及几根散乱的

，主要通过视觉进行展现，而詹姆斯笔下

小，而且毛茸茸的——一种迟缓的、令人

于野兽与人的中间地带——而且常常在被

。

—— 著名恐怖小说家 H.P. 洛夫克拉夫特

多了一个闹钟

多了一个闹钟
又老又丑
他的世纪褶皱在青涩的床罩上
睡过几个偷欢的人
这个阁楼还在漫长的青春期
十个小时才醒一次

少了一列火车
欢喜的头颅被称为美少年
横穿整个西伯利亚平原
再回去，回到出发点
如西西弗斯

多了一个老人
少了一个少年
火车不再鸣笛
彻底省去口舌
把跨越一千五百公里的趾高气扬
用来与叫醒你们的
浇醒你们的时代作对

2015 年 7 月 3 日 于杭州西西弗书店

吃火

晚上吃了一碗超烫牛杂汤
跟吃火了一样
上颚一点点脱皮
无法亲吻无法说话
上火的想念
只能被乞力马扎罗的雪
浇灭

浇灭我吧
成为一具风干的豹子
褪皮的豹子
袒露血肉的豹子
无法亲吻无法说话
在高不可攀的山峰上
没有亲吻没有话语
再轮回一次
我们无火的
水木
年华

只有颜色没有情色的爱情

蒙上眼睛的
『他们叫他天空』
盲目地点了
一堆五花八门的菜
一碟没有标签的佐料
和画五颗星的招牌鸡尾酒
贪得无厌得
像一个没有血色的
蓝血贵族

门口的马车还在
记得带他回家
回到山巅之上万万米
取下日月星辰的手杖

他的智慧线绵延至看不见的城市
剩下的智商
是鸡尾酒泼在白色衬衣上
混着面包屑的蓝莓果酱

我爱
他的阴晴
撕开他的嘴角
血液自万万米流下
白色衬衫上一滴待考究的智商
我的殷勤继续生长
混在面包屑的蓝莓果酱里
变为情殇

头发和指甲在尸体里继续生长
你消化我的殷勤
我消化你的血统

我和世界

藤蔓爬满了我的脸
世界在我一尺之外
风只与叶亲昵
于我
爱答不理

没有你
何言疼痛

玻璃心

他希望和我开战
然后荣耀地死在我手里

可是
我只是一个玻璃心的小女孩
我一愤怒
心就碎了

随时候命的导航

刮起的每一帧风
冷得
都像一个笑话
斑马线被轮胎一个一个
弹奏，扬起乐章
他们健谈的
不只天气预报
不只无限透支的预算
不只超龄的预言
在年事已高的备忘录上

这个路口记得
红绿灯前你曾经来过
右转，直行
消失的地方有休止符
嗷嗷待哺
他们说
我出生的时候
你早已精通指法

不再冷笑
听天气预报
按时打卡
不画小节线的不断句的乐章
像一个自言自语的
随时候命的
导航

诗人哪儿去了

挤一挤你
能喂饱一百只羊

于是
你活在白色的皮毛里
活在纯洁里
活在人类的身上

与咖啡密谈

禁烟之后咖啡厅更火了
貌似火一定要烧一把
生灵的胡子烧掉一把
人道主义烧掉一把
最高机密烧掉一把
剩下的『真相』才可以大胆地开诚布公
横行于夏威夷风情、希腊式浪漫
法式暧昧的
美式咖啡里
直到
傲娇的咖啡被捧上台面
它吐露一切真相：
这里是尼古丁的刑场
谎话、痴话、废话还在逍遥法外
欲望擦枪走火，改玩花式轮滑
当然我支持——
我走进咖啡厅
是为了买一张十八禁的光碟
光明正大

名为孤独的货币

孤独是货币
我攒下许多
给你
交换一些诗歌
一些依赖
和关于天气的话语

你买下许多
加工成口号
计划，和对抗群发祝福短信的武器
那些不兑换的孤独
跳在公文包、制服、程式化的搭讪话术里
升值的人气
日益贬值的
欢心

向北的天空

你我的约定是电影的最后一帧
飞鸟衔着一片花瓣误入
定格的画面
动弹不得

三分之一的惊愕瘙痒了花的血色
它打着哈欠视而不见那做作的人儿
坠落
在刺穿我的眼睛时
迅速衰老

你的眼神翻过我
拽着记忆的尾巴攀上锈迹斑斑的铁丝网
缓慢而优雅
终于

撞上天空
酝酿出一声巨响

巨大的蓝色板块开始分裂 行走
走向
北方
实现我的
承诺

2009 年夏

女王

女孩双手交叉环抱胸前
把月亮换进她的信仰
以一个背叛者的姿态
成为信徒

亲爱的臣民
在我放下权杖的那刻
流光溢彩的城池
沉入
千年的轮回
嗜血的笑容
崩碎成埃
寻找下个
不做梦的女孩

我的眼角已经干涩
流不出让你们甘之如饴的泪水

浅淡的夜盖上醒目的街
轻轻拥抱
我和你
只有
我
和你

2009年9月2日

假装是一个女人的男闺密

受够了
女人滔滔不绝
手舞足蹈
无意外，过去的每段恋情都
跨栏而来
翻山越岭而来
终抵不过钻石、自恋、残存的希腊毒酒
痛哭
如窥见了自己将死的预兆
落个身无分文的下场
和蓬头垢面的
善良
我愤愤不已
假装是坐在她对面的
一言不发的
正襟危坐的
男
闺密

迟早会被当成僵尸 清理出去

像一个僵尸
冰凉着断断续续的睡眠
懒得觅食
一只狗追我
即将打破猎杀第五十五个僵尸的纪录

它咬开棺材如
打开潘多拉盒子
摇尾，屁股冲着我的睡眠
一朵战绩为零的洋娃娃
没资格调戏一只忠于主人的狗
就这样吧
虚惊一场地活着

还可以，找个主人
尽快学会
人类的
词汇和语气
无战绩又失宠
洋娃娃
迟早会被当成僵尸 清理出去

欢庆一场葬礼

姿态和
灵感
欢聚一堂
热闹得我都忘了
他们参加的
正是
我的葬礼

七分姿态
加上
三分灵感
足够一场盛大的葬礼
纵情欢唱吧
亲爱的朋友们
庆祝
我
没了呼吸

肯定或否定

早知道电话是谜底
花了一百二十分钟
多不值
被蚊子咬了三个包多不值
存下那个号码多不值
寂寞无望的爱
只剩下聊天
这种更无望的表达吗

我要向表达致敬
说出肯定或者否定
早就胎死腹中的情感
才会你来、我往
约好时间、地点，确定人物和剧情
肯定或者否定
没戏

致一株萎缩的穿心莲

失去我
之前
我会留给你一些振奋的话语
起床！在吗？
我想你——
灌入黑胶唱片里
编好前奏间奏尾奏加配旋律
封面是你爱的维尼、龙猫和罗伯特·唐尼
不在，不再
我不再是那盒还没拆封就被冷宫的
穿心莲
关押在零下十八度的温度计里
如丧失热情的水银
与失重的味觉
同眠，度过一个冬季
一个夏季

失去我
之前

你会收到一张黑胶唱片
一些振奋迷人诱惑满满的话语
你会需要一株奄奄一息的穿心莲
解读他
解毒你

喜欢跳舞的顽皮的鬼

所有的自动化都有巧妙的不为人知的智商
柜子里躲着一只顽皮的鬼
它想跳一支舞
不被人造花香和口红预订
爱那草草了事的背包挎着
鬼话连篇的谎言

那谎话有着高挺的鼻梁
和四肢之外的幻想
要找一个顽皮的不可捉摸的鬼
跳一支被麦田追逐的
夏洛克的
舞步

理智散去吧
革命与爱情
会留下光天化日犯罪的证据
请叫我邪恶

算了，系统无法识别我的语言
还是翻开书本背诵那些字典里的
人口相传的定义——
谎话被划分到木讷的特洛伊里

打开收音机，他们
能听到
这是间闹鬼的屋子
不要再走一步

鬼话连篇的提醒
送给严辞的
不爱跳舞的
矫健的灵魂

等不到谎言的
柜子里的鬼
在自动化的温控房间里
跳着
换行的回车
和

二十六个字母逐次站列的
新建文档的
好奇

你有没有被惊醒
『有的自动化都有
巧妙的不为人知的智商』
一只爱跳舞的顽皮的鬼
想亲吻你
换掉你的
眼耳
和
口鼻

我一生中最后的经验

我一生中最后的经验
是
无疾而终的睡眠
日光丰盈
刷满油彩的房子盛满
端给梦中的轻纱如午夜汽笛的
旋转的指尖如纸牌屋崩塌的交响乐
你怎知这是梦
难道仅凭一双被孤山封印住的无法拾起的眼
还是
受命于天空
执行喜怒的晴天娃娃？

洒花与我的清白四目相对
十指联弹的丰腴淌过
冲刷走嗜睡的油彩
我的经验找到了
享用日食的小屋
他说

这不过是
一个
无法直视的
仅存的
离别

招人厌恶的女孩

沙子把脚黏住了
上岸的少年抱怨
那个女孩把逻辑黏住了
你的理智抱怨

我不是故意的
光速飞行的时候总会黏住些什么
产卵的石头，发芽的
种子
可爱的
多汁的眼睛

不要弄乱了玫瑰花

远远地，红色围巾走来
十二年前的小女孩已经从路牌上摘下了我
带来玫瑰、絮语、家常菜
肌肤的香味落入黑洞
扒开黏在我口鼻上的尘土
她将踏入我的房间

我多想拥抱你
你走近，我会拥抱你

梯田的两个脚丫
哼着布满尘埃和蜘蛛网的歌谣
根本没有死亡
只是被偷走了肉身

我不要食物和水，不愿获取
只愿你用玫瑰花来唤我
一遍、一遍、一遍
『一百年前被处以绞刑的斗士
一百年后被赠予路牌的诗人』

一个失算了日子的女人

我的脚
衰老的速度比脸快
石器时代的脚趾骨
刚刚出土
白色的皮肉
如年久失修的睡眠
挂在旋转电风扇叶上的眼睛
打开收音机听午夜不寂寞的女人

好在我自带颜料
把脸刷成文物
不要打扰那个失算了日子的女人
还是捧起我的脸
慢慢想起
过去的
水晶棺里沉睡的
阳光灿烂的
日子

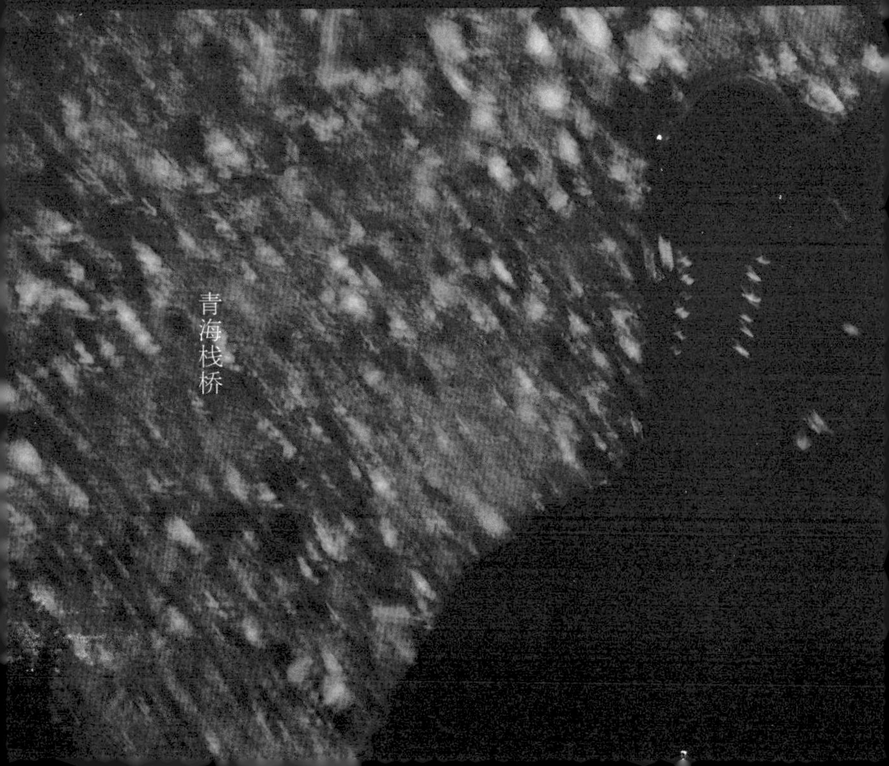

青海栈桥

白色之夜

在变成狼人之前
请让我
再
看你。一眼

妖娆的风
痴缠着欢心
不眠的低语
劈开
岁
和月

我忘记了归去
只愿。在白色之夜
舔舐
你的容颜

2014年5月 青岛等日出

发烧

去年，一整年
都在发烧
后台灯火通明
多好——
可是病房在舞台

聚光灯
还是无明灯？
光明与黑暗
只有一个睡眠的距离

他们说，该上场了
该散场了
哦，我还在发烧
怎么可能听医生的指令？
病毒多爱我

去流浪

我没有时间
不知道如何走一个方形、三角形或者椭圆形
不知道如何暂停
磁带里被雨淋湿的声音
『起来，不要躺在床上——』
去流浪，失眠的幽灵

暴露在天空下的，是酣睡的市民
唾沫连同无知一块梦游
烟火，也无法将他们叫醒！
——跟我走吧，美丽的眼睛
去歌颂篝火，飞扬的马蹄
操办一场无限不循环的婚礼

我好像感冒了

做了一场四小时的演讲
带走一堆花花绿绿的银币
快，舞动起来！

想被全世界通缉
才结伴而行
我是拜伦的儿子
第一枪瞄准旗帜

醒来　天还亮着
嗓子疼
他们说
我感冒了

2015年5月9日

雨夜

一颗行星砸向我
手指处的血
我看到

受惊的小猫
忧郁的雨
闪回一个黑夜的隐喻
我记得　迎风而来
黄色皮肤下蓝色的花朵
和你的力量死死缠绕
隐秘的仪式
摧毁青苔霸占的石门

沉睡的敌人
快点苏醒吧
用你的武器
告诉我
我的属性

无题

一切都将失去
一切终将逝去
一切都不能代表你

西北角的烈阳
铁丝网外的月亮
一切给予都不及你

你眼中那抹明媚的光亮
多么引以为傲
苍老都无法将你剥夺
不愿离场的爬山虎
永不熄灭的长明灯
不如
你的
纹丝不动

一切都会失去
一切都将逝去
一切不敌
扑火刹那
霸占灵魂的流明

在意义丛林旅行的向导

什么是路？
蒙着眼
嗅到的荷尔蒙滋味
要
蠢蠢欲动
什么是树？
土地的拳头
什么是空气？
五维空间的灵魂
什么是镜子？
机器猫的任意门
什么是死亡？
不会唱歌的肉体
什么是日落？
你收到了
我的太阳

前世

风干的花瓣
被碾入狂风升起的天际
告诉我
以吮吸时间乳汁为生的你
何时能够凝视、忘却
从马蹄嗒嗒走到汽笛悠长

一只狗回头看了我一眼
大概前世我们曾回眸了五百次

2012年10月

我不会让你失望

监狱是一座巨大的实验室
专属于悲观主义者
左手毒药，右手解药
活着，善和恶同时失去
来吧，这里有一场婚礼
这里又有一场葬礼
有放大镜，也有显微镜
四面高墙之内
才有可能出现文明

最后一次写下的『最后一次』
希望，不敌一支黑色的枪
趁早，你摧毁我
我摧毁伟大
沉入海底的亚特兰蒂斯，才生成言语
——嘿！
我不会让你失望

故乡

夕阳西下的时候
我坐在摇椅上
随着东方的梦醒来
青石板的小巷发散着亘古的潮湿
一个红衣女孩蹲在地上
这是老榕树下的第五百零一个施主吗？
乱世的繁华
不过是她挂在眼角未掉下的泪
——爬上先人灵位的蜘蛛守护了千年
脚步沉重
就像踏着进水的鞋
无法释放缱绻的寒气
睁开眼
温柔
静谧依旧
我只是人间的过客
却颂灵魂的赞歌

炉 火

从未生起过一把火
在你被唤醒
又沉沉落入冰川的子弹时间
你的像
融在树脂里
凝视跟随火车的汽笛

我不点燃一把火
不知道
一只白鸽
会爱那珙桐树
停留在新生代第三纪
飞翔的神话
会自燃吧，拒绝
一切命运

飘雪那天
我耳边生起炉火
那是你的喘息

舞动，美丽如少年得到的
母亲的吻
我成了 栖息地

2015 年 11 月 21 日

最遥远的距离

不是天和地的两两相望
而是你一转身
我一眨眼

时光如任性的孩子
留不住也劝不回
离家久了
便断了交感的根

望得穿秋水
却收不回滚入红尘的泪
我等你
岁月却等不及蚕食我的容颜
最遥远的距离
是我还在原地苍老
而你
已沉入轮回

诱人的黎明

我画不出你的眼睛
轻轻将所有泪
吮干的眼

我寻不着你的踪迹
挥剑狂舞
风尘之上

我多想
抱着你
不朽
在
黎明到来之前

等

想抽烟
但想到还要走很远的路
就不想动

我想你
这条信息发出去
可能距离太远
它也不想动

沼泽

在他身上
是我狡黠的部分
明明是一片沼泽
却翩然起舞
越渴望灵动
越失去忠贞

恐惧如一根鱼刺
吞咽不下
来时的小径
已杂草丛生
回望不见

我忘了当初
芦苇荡漾
蓝色宝石般的露珠
有自由的飞鸟的痕迹
他温柔地唤我
像清晨一样洁白

总有一天，我会带你远走高飞

青石板　暗调
弯曲的背
你的脖子
是一棵大树

狭长的小巷
藏着骇人的传说
没有归宿的眼泪
扯着异乡人的衣襟

那个满眼泡桐花的季节
阳光蕴着香气
落在仰视的孩子的余光里
又在某个月圆之夜
被潘多拉打开

屋前的芙蓉树
忽然没了
我的影子

忽然干燥
它说
总有一天
我会带你远走高飞

2009 年冬至

左手向右

左手调焦
右手按快门
空白的天台
风吹跑了谁的帽子

苦咖啡上不再有你左手的指纹
放飞的白鸽淹没于浮沙

灯火流淌在街角
逶迤如蛇
我靠在窗边
梦里他指着一列名字说这些都是他的家人

仰望已久
气球终成天空的一滴泪痣
坐着时光机拂过的那段旅程
蒸发于身后
我漫漫长的罪恶还是容不下幸福的见缝插针

伤痕在左
神谕在右

沉默的脾气

你在岛上
我在陆地
打扮成礼物的人们
漂走
冰冷的灵魂
沉下

遥望你黑色的瞳孔
吐出千万朵蓝色的花朵
你要你的礼物
你要他们的灵魂

一缕微香
乘夜而来
祖露着命运的心脏
献上
动脉的纯洁

我要你的眼睛
不要你的世界

漫长的路上

隐没在黑暗中的蛙鸣
不被红尘拍打
一步记忆
一步归去

灯光如涟漪随你
不湮灭痕迹
村口那位老妪
咿咿呀呀地拉着二胡
吟诵你的声音

终于
脚步沉重到无法自愿
二胡声再苍老不过时间
天使即将光明释放
我的褴褛衣衫
如你所视
无法遁形

不妄

风送走的
柳絮，蛛网留住
于是
无根的烟长想　丝守

音律渐息
紫竹自她的念念中长起
结节的　爱情

2016 年 3 月 31 日　于成都望江楼

冬至

做古旧的夹满面包屑的字典
六弦琴和嘴巴
冬至快乐！我唱给你听
是比夏蝉更无所忌惮的
整日夜曲、吞掉小男孩嘴巴的
黑色战袍
再来一次，羊毫靡下……
你的名字有冬
我们把守南北两极

二十六年前夏天，我的那支歌
今天穿过了你
生日快乐！我要抽起年历上那
二十四个陀螺
你再喊一遍，停下

2015 年 12 月 22 日冬至
一个欢庆的节日

我不想成为孤独的国王

狗尾巴草与铁轨为伴
它不孤独
嘴角的涎液打湿爱人的手臂
搁浅，挺好
不像火车鸣笛
拖泥带水

你是白子，先行
跳出棋盘之外
不知名的远方
除了国王还有王子和城堡

吃掉白马、皇后和教皇
布满黑线的方格全是我的士兵
没人叫我国王

去吧——
把那个逃兵抓回来
我以国王的圣令

忘了

忘了那是谁的家
忘了那个扯着嗓子叫着谁的名字的孩子
忘了似雨的雪
忘了絮叨的老人们

我听见遥远的呐喊
一抓只有一缕烟
你还是踏着祥云归去
无比骄傲的样子

干涩的季节
每个毛孔里都堵着一粒沙
我哽咽
因为唱不出一首完整的歌

在冰窖中行走
皮肤生出水晶
远处
重音掷地
——顶不了天，但亦陪你沉入废墟

位置

蒲公英知道自己的归宿吗？
如同奔跑在原野上的孩子
对风不依不饶

月光知道她的魔法吗？
在树影摇曳的地面
她等蚂蚁先行

如果世界可以颠倒在眼睛里
那我
为什么不能住进你心里

乌云，即将临盆

敢不敢
把自己挂在鱼钩上
抛进水里
瞳孔是暖色了
在沸腾的爱人们面前

她坐在云上
看。垂钓人是海市蜃楼

刺透胸腔的铁
又被忽明忽灭的笑穿过
痛就罢了
再不愿漂泊

嘘！——不要声张，那是爱情
更不要让即将临盆的乌云
嗅到
你们的渴望

买岛的人

那是属于日光和日光的纪念日
黑夜不再狩猎
退去如一条冬眠的蛇
我日日来到灯塔下
为小王子献上玫瑰——
那些玫瑰是我过去看见过的
却抓不住的
她敏感、脆弱，一滴墨汁便能使她
化为口号
他们朗诵她，亲吻她
失焦的舞步抚动她
变形的脸庞呼唤她
如雅鲁藏布江奔腾的落日
纳西索斯
你的血液袒露在外
你的名字是回转的餐盘
他们需要你
一个削尖的偏旁
一个均码的人人适用的盔甲

玫瑰
你不是纳西索斯
你是一个孩子
被抛弃了多时
那些玫瑰是我过去看见过的
现在重新种在一片岛上的
曾经失去了口味
小王子
你要
让春和冬都别在她的胸前
撑开一朵红色的四季
你要歌唱月光
吻要香甜

2015 年 10 月 28 日
献给买岛的诗人聂鲁达

一个醉酒的卫兵

一把枪抵着我的脑袋
一把刀挥向我的胸膛
白蛇爬上腰间
——你们怎么发现我
是不是已经杀害了我的男孩？

母亲送来的葬衣
男孩叫它锈迹
混沌、龟裂、崩塌与古旧
轮番与闷热的夏天搏斗
看见了吗，我的嘴里长出灵芝
夕阳在吻我
少女味道

槐安国的王子
我恳请你
留在水草肥美之地
银白色风刃劈开山泽
——他们带走的
只是
一个醉酒的卫兵

罂粟之恋

如果所有的规则不是以爱之名
所有的忍耐失去信念
所有的冷漠不留给最深的热情
那么
我为什么要爱你
我为什么不爱一朵罂粟
凌厉的攻势
击碎所有脆弱的灵魂
峡谷，鲜血肆意
琴声在岩壁上回荡

——『上帝的时辰是最好的时辰』
怨念吧，少年
你闭上眼睛
身体却被它牵引

温柔的夜

宰杀一头牛
尸体最舒服的睡姿
是祭品，是诗歌
送给你，孩子

没有乳汁
没有说情话的朋友
你睫毛长长
渴望，烽火台放荡的狼烟
不看我
锈蚀的刀剑

小径分岔的丛林是你的领地
竹管，洒蓝
一寸，一寸，回归本色
迷失于蓝雪中的你
是文物，曾经掉落深海

请忘记狼烟

我用不开封的剑也可以
造一座宫殿
你的文明会寻到你
躺在温柔的夜

少女们

你收集的海报和身体 DNA 一样多
喝掉的咖啡和烟灰缸里的烟蒂一样
写下的一字一句日夜兼程
追赶翻红的股指，长期服用雌激素的新书
心跳咚咚的人们拥向剧场
堵住少女们的去路

活下来的名字
都有了坚硬的脸庞，厉声，沉默
她们是日夜兼程的机床
把心跳咚咚的人们碾压成绅士模样

两片唇

——献给雕塑家卡密儿

一片唇黏住你的瞳孔
另一片在泥土里埋下绒默
铁皮里的微生物还活着
那里，没有阳光
要无止尽地醒着

『我将我所有粗暴的个性赋予了他，
他将我的虚空给我，
——作为交换。』

雨

那火烧云是我的战袍
不要跟我抢
你们去霓虹里寻
披风、睡毯、柔软的沙发
我只愿做天空的孩子

而你们
欢心鼓舞。穿越大半个城市
也穿越大半个尘世
落入少女眼的
长夜笙歌
落入离人眠的
冷却黄叶

你们有了自己的
脚印、言语、名字
你们住进了人类的记忆
或甜或苦

从来都没跟你抢过
你们冲我眨眼
亲爱的，快扯下一大片晚霞
绣上我们都沉醉过的
春风拂面的晚上

神话

手写一千次和手
写一次
隔着
失去犯九百九十九次错误的距离
隐形眼镜站在光圈之前
定义
清晰和模糊的距离
橙色的健腹器予你
人鱼线拉开
年龄和年轮的距离

十句话出现了三个距离
这是首没有词汇量的诗
拉开了
人话和神话的距离
是呀，诗是百分之八的人的第十三根肋骨
要数十二次
才落下。称为明天
就让一模一样的门票

十排之外和第一排的观众，三百六十度无死角的嘉宾
被困在
同一个剧场
上演着
字典般的
不被数落的
今天的
神话

想，一想到

名幻的大象消失了
森林自脚下开始卷起
脑子流出的
我的酒窝要盛满

灯光亮起的时候
人们起身散场
从不过膝的裙角，昼夜交替的足球
是，幽暗深处的锁眼
没有钥匙，但愿手能刨开
目光能啄开
但愿，门后有一双手也在扒
目光，也在啄

那座墙写着无望两个大字
这座城投影着无望
是一个巨大的电影片场
无望背后的你
是什么模样？
电影开场之前，散场之后
我都在想

眼睛的故事

你向我敞开怀抱
一根根刺扎进
我的神经

高歌吧，为死亡
翻滚，在沥青未干的马路上
享受吧，为即将失去的明天

冰激凌很快就要融化
请一口吞下
善意的你
不折磨我的欢愉

乌青

我致力于活在血管中央
成为苍白色皮肤下一块无所事事的乌青
不会像厌食症患者
无边际地一直一直瘦下去
也不像某些漂亮女人的眼睛
忽大忽小

黏稠的血液拥抱我
酒精灯挠骚烧杯的温度
我喜欢。把所有的叶绿素都送给他
氧分子迎面而来
温柔地捧起我像捧起一朵蓝色的玫瑰
而不是忽冷忽热的二氧化硫
口红印里装得下一缸臭臭的口气

我致力于活在你的血管里
作为一块不会消散的乌青
你尽管磕在岩石上、泥土里、马路上
我都不会

弃你
而去
不像
你
爱的
乌云

理想

时到今日
你仍然跟我聊起理想
在日光常温的时候

孤山上的你
抽中的使命早已过期
或已完成
我猜测，但我没问
为什么要问？
我喜欢你
即是喜欢你戴着盔甲面具兵器
站在博物馆陈列室的样子
我常常去
参观，顺便调戏
你一动不动
听到看到想到，无人知晓
一本正经的理想

我看到你的孤独

像一把锁启动了，我的
它们滔滔不绝
像自言自语
一样
你的声音如此盛大
像一场英雄云集的晚宴
我还想调戏你
但这次开诚布公
所有人举手赞同
他们说
大多数的普通人
讨厌被理想调戏
除非是
理想
又漂亮的女人

2015 年 于杭州星巴克咖啡湖滨店

红色、绿色、黑色

地板上的噪声
是车轮发出的
男人皮鞋发出的
女人高跟鞋发出的
言论
红色、绿色、黑色
交配 进化
有的成为诗
灌满氢气的那种
点火即燃
有的成为闲话
剥完的壳到处都是
像
被打翻的彩虹糖
红色、绿色、黑色

买卖

哪个淘气的孩子
偷走了
我的被子
和四个直尺刻度的睡眠
但把
西湖的面目
给我
嗒嗒的马蹄
给我
打包衰老灰白缺牙咧嘴的层积云
和脊背
挺直的女孩
一块给我
像
一桩性价比相当高
的买卖

酒色

酒杯里有
一根睫毛
短
像一只
单眼皮留下的
睁着
注视
他们嘴边的
世界
褪色，流出
乳色的泪
染上
酒
色

1.5m/s

我以每秒一点五米的速度撞向铁门
铁门被吵醒
难道那个有酒窝的红气球回来了？
它曾以每秒一点五米的速度飘走

一颗子弹的下午茶

把愤怒往里面推一推
推进奥威尔的枪里
瞄准一头迷失的大象

叫子弹的列车
出轨可好？

啪，飞溅的肉体
一颗子弹的下午茶

无名指刻花

潜下去
去更深的海浪里
不把眼打湿
怎能浸透你的花名

沸腾的旋涡再次冷却
败露的名，是你
又露脸
午夜，左岸咖啡馆
兰波诗集，是你
左起第三个人是
三个你

浮起来
去更深的目光里
不把白露捉住
怎冻结你的无名

夏的容颜

雨伞睡在地板上
水滴念念
不忘你，为我下落的肩

白衣披在幽幽的小路上
迢迢千里的心
着凉不了

我划过
染你的眉吧
落成夏的容颜

多少指纹睡过

多少指纹睡过
你的，赭石色门锁
每个都跃跃欲试
以为蹦到钢琴上
就是一首完整的歌
是吧，主人——
琴音快速穿过针眼
闪电尖细
披荆斩棘吧！流星

为什么是我？——卡夫卡问
海上的祭司
为相遇，又告别
爱过的，满上一壶月光
罪深重，则在眼角文一滴泪
不再一丝不挂

法语女孩

我看剧本
你看我
红葡萄酒淌在酒窝里
还没醒

一地碎碎念
落在指尖，语法
变成情话

我写剧本
你写我
在高潮到来之前
相遇，假装不认识
故事才有结局

南京

这座城市落在《中央日报》里
留下他的方式
是藏起日光，时钟
备好棉麻睡衣和丝绸拖鞋

2015年6月15日 于南京颐和公馆

在禄口，机场

多走几步
就辜负了秦淮
多，走几步
就换掉青砖黛瓦

回程的飞机打着哈欠
晚餐要享用雾霾
也
不愿意醒来

躺在海面上的少女

她躺在巨大的海面上
车子叫唤呢
彩虹色的房屋，奔跑的人们越来越远

十二点的钟声敲响
兔子洞最后一个重音
满载玫瑰花的列车向天空驶去
——他们越来越远

可爱的少女
躺在巨大的海面上
发条转动之时，长发里落出一支古老的歌
来啊！轻盈的音符跃过黑色
嘴里衔着一朵纯白的百合

如果不是你
少女不会躺在海面上
你建造的列车已经向理想国驶去
巨锚深锁在海底的英雄啊
他们再不需要你——
也许你会需要，少女的欢愉

墓志铭

每天，都有一个小孩在吵
我该用什么语言安慰
卡尔维诺，你来
从他的祖先唠唠叨叨地讲起
讲到死前说的那个笑话

他会以为自己的母亲是个哑巴
这就对了
子宫外的一切远比母亲美妙
我替你写的墓志铭是我的
用不着，也不用还
——『获得一把枪，一支笔，
不用言语咬定。』

蓝色向日葵

修失忆的流星是你
胎盘脱落
我看到，坠地一个谎言
透明盒子读取零下七度的卡夫卡
是心声。我要
贸然认领
涂成蓝色，脐带
转向阳光
雕琢成不呼吸不声张不扰清梦的模样
欣赏，活物啊
双倍快进、一本正经
沉甸甸圆鼓鼓
的表情
演绎
十亿光年外的
真心

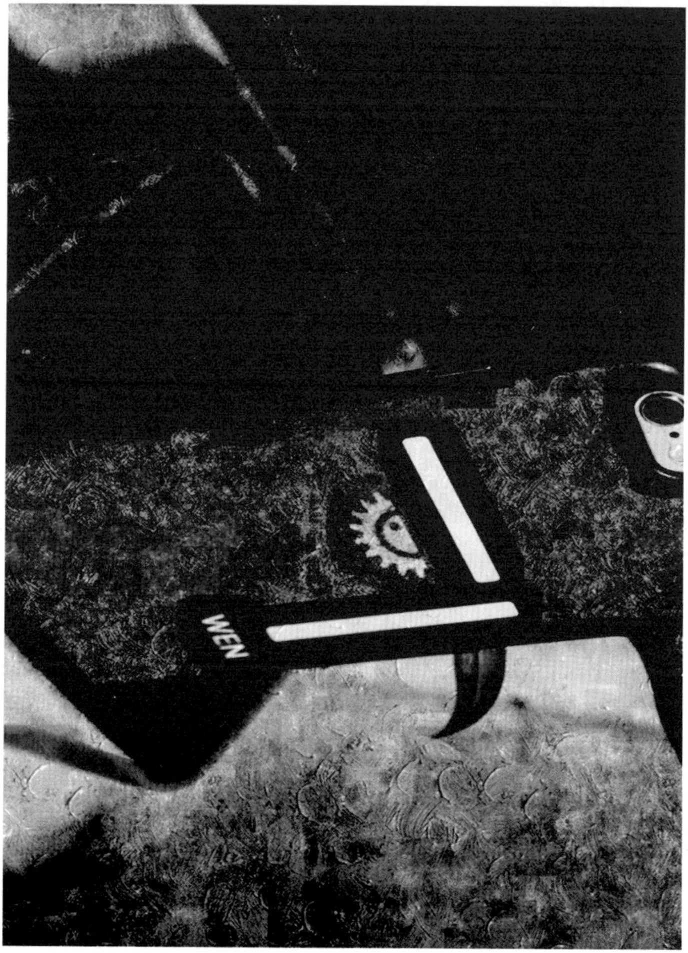
WEN

蓝房子

修养和态度谁先谁后？
巧克力棕的楼梯
你的脚印在台阶上高歌
高跟鞋，红红绿绿
附和

夜色说，他不想拜访
也不想敲门

夏天
蓝房子里月光是紫色的
我来，告诉你
但不会告诉你为什么我会来
去签收，十二点钟的白玫瑰吧
它不会发现舌头们的歌唱

2015 年 献给茨威格

比话语更伟大的理想

我总在担心
话语像墨水一样
流汗
包月套餐的流量用完
湿漉漉的红色颜料滑过黑色的电影海报
发挥
目瞪口呆
似日本式蹩脚的普通话
那是。惊悚电影
讲的是一个封闭滋生封闭的故事
把自己封闭起来
成为一个。故事
我几乎相信了
这个比话语更伟大的理想

2015年7月24日 在仙台影视城片场

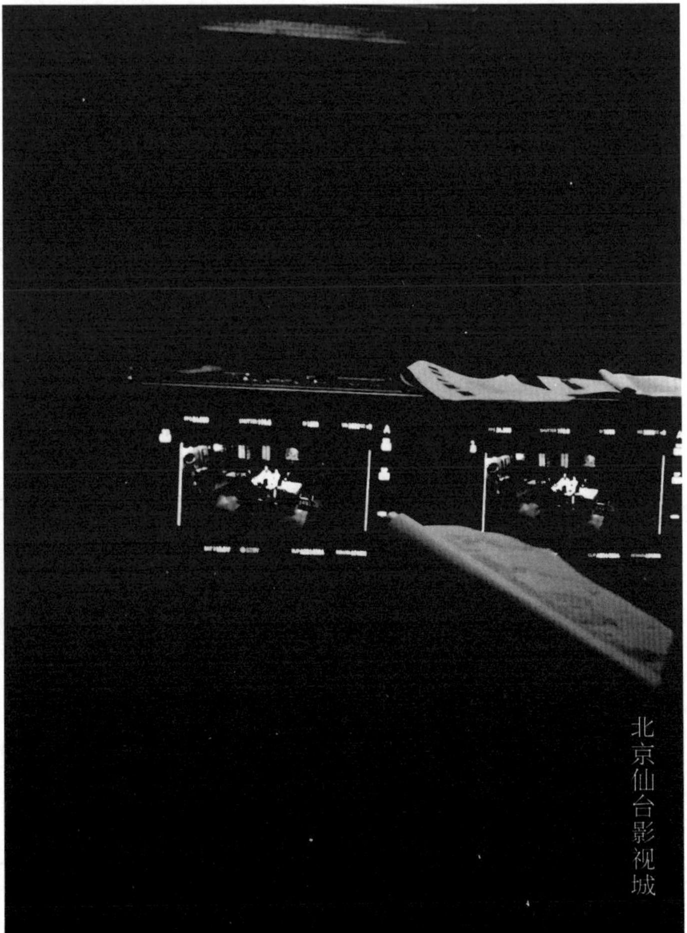
北京仙台影视城

月光记

消息一次次稀松
直到皮筋滑落
吸一口气的时间
掉进水里

失去松紧的它
扯着喉咙求救
哈，纹丝不动的观众喜欢他们的小丑
也喜欢，玻璃杯中的芦苇
风也不能使它荡漾
我和和平之间又失去一次长久的凝视

失去弹性的毛孔
水冲刷走六记浮生。月光照亮了一切
是啊，月光照亮了一切
毛发、重力、影子凝视着我
无数毛发、重力、影子凝视着我
——『前方是我们的家园
再也不要回望今天的落日』

我失去了热烈

凌晨，失去了月光
电脑的灯光安慰我
电影的对白填充我
我懂得了
什么是夜

广告自动弹出
我懂得了，什么是记录
除你之外，再没有爱它的人
它懂得了，什么是失去

天亮的时候
我懂得了
什么是失眠

写下这些文字之前
我失去了热烈

吞咽

我看着你
天空被胖大的舌头舔过
暗黑色的血管一张一弛
粗重的喘气
是
铁人三项的最后考验

我想说的废话
是意外咽下的口香糖
爬过湿漉漉的食道
便被胃滞留
到达不了 喘气
和考验

淘汰的还有
试图吞咽的一切
比不得以咖啡豆为食的麝香猫
仅仅排泄
一切都被争着
吞咽

这个秋天属于金色的棉花糖

一朵菊花生长在天空上
一根粗短的手指向上
那里有两个太阳

贴上耳鬓的时光
拴在变速自行车把上
蓝色小拖鞋
是西瓜太郎的模样
肚子顶着天空
肚脐眼里的秘密和可乐一块儿滚下
洒水车也学过铃儿响叮当
我不闹，你看
剪下的红色小纸人撕开胸口
种下一缕失眠的月光

你看，你看
他还叫秋
一根褶皱的手指向上
那里有一朵金色的棉花糖

2015 年 9 月 1 日 与《十国英雄联盟》英雄们会盟

黑白
16
1141

焦虑的黄金年代

年轻多么让人焦虑
应该去战斗去环游去放纵享受
如一个香气浓郁松软的芝士蛋糕
卖相甜美
睡眠是必须甩开的跟屁虫
弱者的自给自足的行李箱
我们年轻
并诱惑着步入中年的世界
他们观看我们的焦虑
像一场卖相甜美的真人秀
领取编号，获知规则，相互争斗
从林里的宝藏，去找到
不让别人找到
那是比黄金更珍贵的重水
轰炸世界的梦
年轻真好，只要忘记摄像头
记得焦虑

2015 年 8 月 28 日

器官

敲一下，母亲的肚子
想出来透透气
世界竟然疼了
每个人的目光在翻动我
风尘味道自公路、摇滚乐、互联网之外
细胞正在死去
年轻人学会辩证
老年人穿上制服
逗号、句号、省略号排成一列
贪吃蛇来了也不躲
怎么会疼呢
我对器官的重视远胜于政治

七

脚尖立在你的脊背上
走一场 T 台秀
来自大马士革的隆重的邀请
你驮着花
我看着土地
我们成为
人间的花园

夕

落日是
你接受了
我的太阳
日出是
你融化了
我的月亮
我们日日庆祝破产
底特律一样活着，2013

我想象中的情人是七的倍数

来吧
穿过 19 世纪的大块色彩
带着安迪・沃霍尔的面具
来见我
我是布考斯基墓前的
DON’T TRY
接头暗号是七的倍数

彩虹台风

倒立在铁丝网上的匡威球鞋
一双
不脱脚丫
他们没有被滴水观音责备
他们只想等等太阳

太阳在台风的上衣口袋
他们没有撕开过上衣
一封情书
也在

他们湿身
倒立在铁丝网上等待
被上衣兜住的太阳
一封情书
也在
他们没有被情书责备
他们是有脚丫的匡威球鞋
他们没有查无此人

2015 年 10 月 6 日 广州彩虹台风刚过

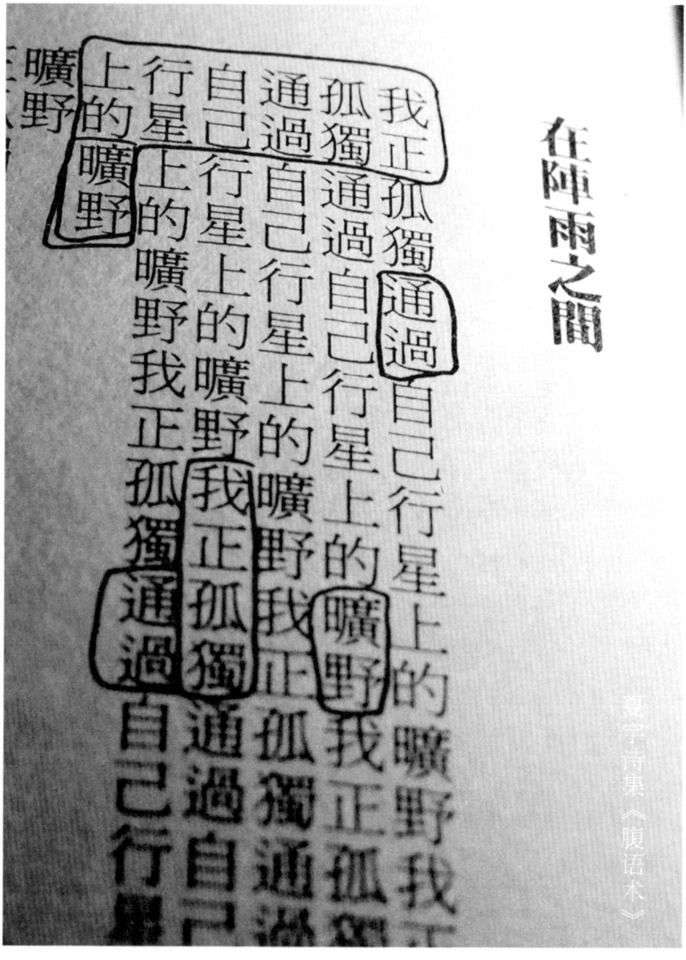

在阵雨之间

我正孤獨通過自己行星上的曠野我正
孤獨通過自己行星上的曠野我正孤獨
通過自己行星上的曠野我正孤獨通過
自己行星上的曠野我正孤獨通過自己
行星上的曠野我正孤獨通過自己行
上的曠野
曠野

夏宇诗集《腹语术》

漫游

剩下一半的红酒玻璃瓶
倒置的竹蜻蜓
恢复原状，那时
一些冷空气
开始钻进被双眼割开的红色毛衣
播放今村昌平的开场白
你说
我叫唤了你的名字
我从另一个世界回来
抓住闹钟，近代的超克，寒绯樱
正是下午两点
一点都不饿

三百一十二个冬枣

我用三百一十二个字写下了
未来一年
的我
无中生有
需要
三百一十二个冬枣的分量
一顿认真咀嚼的晚餐

2015 年 10 月 25 日

一个女孩的意愿

我好饿
但那么多食物
都与我无关
它们不会突然膨胀起来
像热气球一样
飞跃波罗的海
更不会长出胡子
寻找我的脸
倒计时一场刺猬间的迷藏
宣判声音惊动持枪的人
最后一眼送给餐盘里的刑犯
罪行五颜六色
饥饿的人允许围观，和买单
吃掉他！
他们告诉我。咀嚼会忘掉
热气球，海岸，离家出走的刺猬
冲水马桶吐掉的
失去胃口的
爱情

图书在版编目（C I P）数据

7 / 文姬著 . —北京 : 北京燕山出版社 , 2016.5
ISBN 978-7-5402-4116-2

Ⅰ . ① 7… Ⅱ . ①文… Ⅲ . ①诗集 – 中国 – 当代
Ⅳ . ① I227

中国版本图书馆 CIP 数据核字 (2016) 第 060369 号

7

作　　者　文　姬
责任编辑　陈　雪
责任校对　甄　飞　　杜　睿
封面设计　文　姬　　闰江文化
社　　址　北京市西城区陶然亭路 53 号（100054）
网　　址　http://www.bjyspress.com/
微　　博　http://weibo.com/u/2526206071
微　　信　yanshanreading
电　　话　01065240430；01063581036
印　　刷　廊坊市文峰档案印务有限公司
开　　本　787mm × 1092mm　1/32
字　　数　105 千字
印　　张　4.25
版　　次　2016 年 5 月第 1 版
印　　次　2016 年 5 月第 1 次印刷
定　　价　77.00 元
出版发行　北京燕山出版社 BEIJING YANSHAN PRESS